Christel Bethke
Danke für Gestern

Christel Bethke

Danke für Gestern

Gedankensplitter III

Bibliografische Information der Deutschen Nationalbibliothek
Die Deutsche Nationalbibliothek verzeichnet diese Publikation in
der Deutschen Nationalbibliografie; detaillierte bibliografische Daten
sind im Internet über http://dnb.d-nb.de abrufbar.

1. Auflage 2021

© 2021, Christel Bethke

Umschlaggestaltung: Roland Poferl Print-Design, Köln
Layout: Verlagsservice Monika Rohde, Leipzig
Produktion: VMR, Leipzig
Herstellung und Verlag: BoD – Books on Demand, Norderstedt

ISBN 9783754333860

Vorwort

„Frau Rohde, ich brauche eine neue Form von Produktion, die eine Melange aus Vergangenheit, Gegenwart und Zukunft sein sollte."

Die letzten beiden Jahre, besonders 2020/2021, waren gravierend durch Krankheit, Verlust an Mut und Freude geprägt. Dann „aus der Tiefe in die Höhe" zu kommen, zu merken, dass Vergangenheit wirklich vergangen zu sein scheint. Alles das steht auf den Seiten, die hier nun vorliegen.

Christel Bethke

Letzte Reise in die alte Heimat

Morgen fliegen wir nach Danzig. Hans-Werner und ich von Bremen. Daniel kommt von Schweden mit der Fähre (Karlskrona / Gdingen).

Zurück aus der alten Heimat: Daniel von der Fähre abgeholt, im Leihwagen, den wir am Flugplatz abholten in Danzig, und gestern Morgen wieder hingebracht. Dazwischen volles Programm, sogar Landsberg, die Molkerei, wo Hans den Russen in die Hände fiel, seiner dort gedacht und die beiden alles mitgemacht.

Die Marienburg besichtigt, den ganzen Ritterorden erklären lassen. Den Geruch der alten Burg hatte man den ganzen Tag noch in den Kleidern. Westerplatte, Zoppot, Hela, immer wieder Danzig, abends dort zum Essen, was jedes Mal besser wurde. Für den letzten Abend fehlte mir das passende Outfit. Danzig abends in festlicher Beleuchtung mit Riesenrad und Kinderkarussell. Die letzten Złotys warfen wir, durch drei geteilt, in den Neptunbrunnen.

Letzter Tag in Barten. Wir kamen auf der Straße raus, die zwischen Gerdauen und Parten verläuft: mein Schulweg. Gingen das letzte Stück zu Fuß bis zur Grenze, die hier zwischen Polen und Russland verläuft. Die Felder sehr gepflegt, kein Verkehr weit und breit, Endstation auf beiden Seiten. Hoher Himmel, ich restlos glücklich. In Barten eingekauft, Picknick. Mein Buch verteilt mit den Bildern von vor dem Krieg. Heute fehlen mindestens 70 Prozent der Häuser, die Burg steht zum Verkauf. In der Kirche hängt der Taufengel wieder.

Na, jedenfalls, es war sehr schön, ich glücklich und gesünder. Treppauf und -ab. Das alte Pflaster unter den alten Füßen zu genießen, krankes Herz? Keine Spur, in der Kirche, 1930 Pfingsten getauft, begriff ich, ich bin tatsächlich ein Sonntagskind. Es waren fünf vollkommen gelungene Tage.

Danke.

2019

Man müsste ein Satzzeichen erfinden, halb Frage, halb Ausrufung. Ambilation könnte man es nennen.

Ich habe mich immer zu wichtig genommen.

Das Beste aller Feste

Begehe ich allein,
Schließ alle ein,
Die mir den Grundstoff dafür liefern.
Den brauche ich,
Ohne ihn wäre alles nichts.

Heute packe ich ein Paket nach Nirgendwo.
Warum ich immer auf ein Echo warte,
Weiß ich nicht.

2020

Was haben wir in Danzig gelacht

Als der Gast am Nebentisch der leeren Brotterrine
Mit Messer und Gabel zu Leibe rückte.
Und sie verdrückte.
Vielleicht macht man das ja, denke ich heute,
Und ich habe zu früh gelacht.

2019

Barbarisch

Sie gehörte nicht zu denen,
Die, wenn einer die Welt verlassen,
Das Zeitliche gesegnet hat,
Ihn vergötterten.
Sie nahm sofort das Sägemesser
Und teilte die Matratze in zwei Teile.

2020

War beim Hörakustiker und melde,
Mit den Geräten im Ohr
Muss ich ständig auf Empfang sein.
Ich möchte auch mal was vermelden! Auf Sendung
    sein.
Könnte was dran sein, spricht der Meister.

Trauerbewältigung

Ich konnte mich erst entfalten,
Als ich beschloss,
Mein Leben allein zu gestalten.
Gewann so die Freiheit und die Erweiterung des
    Ich.

Die Erweiterung des Ich
Fährt jeden Tag Kilometer extra,
Mit dem Rad, für Helga,
Die den „letzten" Ring nicht mehr vollbrachte.

Ich habe einen neuen Stern gesichtet!
Nachts kann ich ihn sehen, weiß, das kannst nur du
    sein.
Ist es weit bis in die Ewigkeit?

(Wäre ein E-Bike nicht richtiger gewesen?)
2020

Noch eine Erweiterung

Heute gibt es Schmandschinken.
Rezept aus der alten Heimat in die neue gerettet:
Schinkenspeck in nicht zu dünnen Scheiben
Über Nacht in Milch legen.
Am nächsten Tag entnehmen,
In Butter o. a. Fett kurz braten,
Aus der Pfanne nehmen, im verbliebenen Fett etwas
    Mehl bräunen,
Mit der Milch und einem Becher saurer Sahne auf-
    füllen
Und mit einem Schneebesen verrühren,
Schinkenscheiben reintun und etwas ziehen lassen.
Dazu Salz- oder Pellkartoffeln.

2020

Für Elfriede

Dudderkeile.
Wir hatten auch eine „Poggenwiese" (wie die in Su-
     leyken)
Am Grumpelgraben,
Wo die Dudderkeile standen,
Die Lilien, das Schleh- und Feuerkraut,
Sauerampfer, Margeriten und Kamille wuchsen.
Blaue Libellen standen über dem braunen Wasser
Und bunte Schmetterlinge taumelten über die
     Wiese.
Frösche hielten ihr Konzert
Und auch die Grillen.
Berührte man die grünen Grashüpfer hinten,
Machten sie einen Sprung nach vorn.
Barfuß in die Wiese getreten,
Gab es braune Füße.
Jenseits des Grabens erhob sich der Mühlenberg.
Ob sie ihn abgetragen haben?
Ich fand ihn nicht wieder.
Heute saß wahrhaftig
Draußen an meinem Fensterrähmen (fünfte Etage!)
Ein grüner Grashüpfer,
Und da fiel mir die Poggenwiese ein
Und Elfriede, die sich, wie ich,
Dort auch braune Füße holte.
Das war in Barten, das heute Barciany heißt.

2019

„Mein Werk"

Flucht und Vertreibung ziehen sich durch mein Leben wie der bewusste rote Faden durch „mein Werk". Lies mal – nach siebzig Jahren zweite Geburt.

Heute in die VHS. Ich würde so gern überzeugend wirken und nicht so erstarrt sein.

2019

Wie sehr hätte ich mich gefreut,
Wenn jemand gefragt hätte,
Wie es denn war bei der VHS,
Wo ich vor Flüchtlingen aus meinen Texten las.

Einigen hatte ich davon erzählt, Menschen, die wissen, dass mir das nicht leichtfiel. Aber keine „Sau ruft mich an, kein Mensch will etwas wissen von mir". Dabei habe ich mich gut gehalten, und einer fragt sogar: „Und verstehen Sie sich heute mit Ihrem Bruder gut?"

14

Ein Affe und ein Eisbär

Ein Affe und ein Eisbär
Die gingen auf dem Eis
Dem einen war sehr kalte
Dem anderen sehr heiß

Da sprach der Aff' zum Eisbärn
Ich liebe dich so sehr, mein Bär
Darauf der Bär zum Affen
Und ich dich noch viel mehr

Und die Moral von der Geschicht'
Bei Lieb' ist einem kalte
Dem anderen aber nicht.

Auch diese Geschichte gehört zu den Leichen, die
entsorgt werden müssen, aber zuvor sollen sie noch
einmal auferstehen, um ihre Bedeutung für unser
Leben nicht unter den Scheffel stellen zu lassen.

1999

2020

2020 ist eine Zahl, die sich gut schreiben lässt. Toll.
202020202020 …

Ich habe *Die Pest* von Camus vorgeholt. Das
Buch besteht fast nur noch aus losen Blättern, so
oft habe ich es gelesen – und jedes Mal mit Gewinn.

Toll die Mutter von dem Arzt, die zu ihm kommt,
und wie gut der Schriftsteller die Verbundenheit aus-
zudrücken versteht, die zwischen Mutter und Sohn
herrscht. Wir quatschen viel zu viel heute. Kann man
Hitler alles Unheil in die Schuhe schieben, wenn alle,
die so viel klüger waren, mitmachten, Ausführende
waren, marschierten im Gleichschritt? Wo sind die
alle nach dem Krieg geblieben?

Übrigens

Übrigens dreimal das alte Glas gefüllt – Nachtisch:
Butterbrot mit Zucker. Erinnerung an den Sandkamp, wo morgens in der Küche unter den Sohlen
der Hausschuhe der Zucker knirschte, von demje-
nigen verstreut, der sich nachts ein Brot damit be-
streut hatte. Ich hörte es in der Nacht, dass da jemand zugange war, und heute tut es mir leid, dass
ich nicht aufstand und den Betreffenden in den
Arm nahm und mit ihm zusammen ein Zuckerbrot
aß.

Keilchen mit Speck

Nur noch wenige schätzen die traditionellen Rezepte.

„Lass uns nochmal fahren! Noch geht es, noch können wir es kräftemäßig." Sie lässt nicht locker, und weil ich nicht so lange Widerstand leisten mag, weil das auch anstrengend ist, sage ich schließlich ja. Wie oft es schon das letzte Mal gewesen ist, weiß ich gar nicht mehr. Also gut.

Treffen auf halbem Wege. Sie, meine Freundin aus Kindheitstagen, kommt aus dem Süden und ich aus dem Norden, und mit einer Reisegesellschaft geht es mit dem Bus ins Gelobte Land. Wie oft schon erlebt und immer wieder schön und herzbewegend: dieser Himmel, diese Luft, die einen tief durchatmen lässt, einen berauscht. Das Hotel noch aus alter Zeit, altes Interieur, aber reinlich und der Speisesaal lichtdurchflutet, schön in Weiß und Gelb eingedeckt.

Man sieht die Mühe, die sich Wirtsleute und Personal gemacht haben. Auf den Tischen steht in Glaskrügen „Kompott", eine Art Saft mit Fruchtstücken drin und Zitronenscheiben. Genau das Richtige nach der langen Fahrt. Dann das Essen: erst eine gute Rindfleischsuppe mit viel Gemüse, dann, ich traue meinen Augen nicht, Keilchen mit ausgelassenem Speck und Schmand. Köstlich. „Kannst die Zunge runterschlucken", würde meine

Tilsiterin sagen, die erst kürzlich verstarb. Wirklich, sie glutschen einfach nur so runter. Dann noch Kaffee und Mohnstriezel. Herz, was willst du mehr.

Doch leider, leider kommt das Essen bei den meisten Mitreisenden nicht an und überhaupt, es fehlen das Fleisch, die Salate, die Betten könnten besser sein und es mangelt auch an der deutschen Sprache. Wie schade.

Am nächsten Morgen klärt uns unsere nette Reiseleiterin Zuzanna auf und sagt, es wäre so gut gemeint gewesen, uns mit Spezialitäten aus der Region zu bewirten, und entschuldigt sich bei uns. Dabei müsste es umgekehrt sein. Ich schäme mich. Wie dämlich wir doch geworden sind. Am nächsten Tag ist ein riesiges Salatbuffet aufgebaut, Riesenschnitzel hängen über den Tellerrand, statt eisgekühltem „Kompott" gibt es kühle Mienen beim Personal.

Aber wir lassen uns die Laune nicht verderben. Machen sogar eine Stakenfahrt mit, auf der wir mit Speck, Wurst, Schafskäse und gebranntem Wässerchen bewirtet werden. Super! Wir beide genießen das Paradies, das es so wohl auch bald nicht mehr geben wird. Nicht weit vom Hotel der See, von dem schon unser Dichter Arno Holz erzählt und in den ich eintauche und auf dem Rücken schwimmend ihn zitiere, „der Frühling blüht mein Herz gesund…" Ach, ist das alles schön.

Wir gehen zu Zuzanna und erklären ihr, dass nur wir Alten noch die alten Spezialitäten unseres

Landes kennen und zu würdigen wissen. Die meisten unserer Mitreisenden könnten unsere Kinder und vielleicht schon unsere Enkel sein, sie haben diese emotionale Zuneigung zu diesem Land nicht, können sie auch nicht haben, denn ihre Heimat ist längst woanders. Man sieht es auch an den Bussen, die heute, im Gegensatz zu früher, nur noch halb belegt sind.

Wir treffen noch Jochen, der hierblieb. Als seine Mutter verschleppt wurde und nicht wiederkam, war er noch ein Kind. Und wohin soll schon ein kleiner Junge gehen, er bleibt da, wo er zu Hause ist. Er holt uns mit seinem Auto ab, und zusammen besuchen wir alte vertraute Plätze, erinnern uns, lachen. Wir trinken bei ihm zu Hause Kaffee, er stellt uns seine Familie vor und wir merken, dass er durchaus glücklich und zufrieden scheint. Zwei seiner Söhne sind in Deutschland verheiratet, leben dort. Nein, über eine Übersiedelung denkt er nicht nach, es ist, wie es ist, und so ist es gut, meint er, als er uns zurück ins Hotel bringt. Uns dämmert, dass auch ein anderes Leben möglich gewesen wäre. Durch diesen abrupten Einschnitt in unserem Leben in der Kindheit erhielt es einen Bruch, der wie eine Wunde nicht heilen will. Vielleicht muss es deshalb immer noch ein letztes Mal geben?

Der letzte Abend steht zur freien Verfügung, und wohin geht man zum Essen? Zu Burger King, denn den gibt es im Zuge der Globalisierung inzwischen auch hier.

Immer noch

Wir liegen im offenen Fenster,
Das auf die Mülldeponie blicken lässt.
Du im seidenen Kimono
Mit gesticktem Tiger auf dem Rücken.
Ich, angepasst.
Unter uns sitzt die Amsel auf der Teppichklopf-
    stange
Mit ihrem Abendlied.
Seit Jahren sitzt hier eine in der Zeder
Vor dem Balkon.
Ich höre, ich lausche,
Dasselbe Lied?
Nein, es ist das gleiche.
Noch immer.
Keine Entwicklung?
Doch, das schon.

2020

25 Jahre Sandkamp 25c

Das war zehn Jahr' nach dem Krieg,
Als Flüchtling A Raum erhielt:
Die Wohnung am Sandkamp.

Endlich erreicht!
Was lange gewünscht,
Wurde ihm zugeteilt –

Endlich fließt Wasser
Direkt aus dem Hahn
Und Dusche gibt's auch.

Endlich ein Zimmer
Für jeden von Euch,
Auch wenn es nur klein.

Der Wind fegte
Schnee durch das Luk,
Der auf den Schlafenden fiel.

Das alles machte fast nichts,
Wir waren froh
Und endlich allein.

Noch gab es keine Gewalt,
Niemand nahm dem anderen was
Und der Schlüssel steckte von außen im Schloss!

Unter dem Dach
Wohnte das Glück
Und Sonne gab es genug,
Wenn der Liegestuhl
Dem Stand der Sonne
Auf dem Rasen, vor den Büschen, folgte.

Schaukelpferd auf der Bank
In der Küche, mit
Blick auf den Tisch,

An dem geschnitten, gerührt, gerollt,
Briefe geschrieben
Und Hausaufgaben gemacht wurden.

Bleche wurden belegt,
In den Ofen geschoben
Und geschaukelt bis zum Gehtnichtmehr.

Impressionen steigen auf,
Noch vierzig Jahre danach
Mit Düften nach Hefe und Sonne.

Wir lebten Wand an Wand,
Hörten den Nachbarn schelten
Und die Richtung seiner Musik.
Teppiche wurden aufgerollt,
Um die Lampe roten Schal:
„Schatz, woll'n Tango tanzen!"

Spärlich floss der Wein noch ins Glas,
Reichte aber aus, „Trikottaille" trällernd
Nachts bei Arno aufzukreuzen.

Es gab auch mal ein blaues Veilchen,
Mich tröstete und (ich) wusste stets,
Dass alles bald vorübergeht.

Vorüber ist die Zeit,
Die heut' noch so präsent
Und war doch nur 'ne Spanne Zeit
Von der, die uns gegeben ward.

2005

Märchenhaft

Sie kennen keine Märchen mehr,
Sonst würden die Teller nicht „zum Mitnehmen"
Am Straßenrand stehen.
Auch Rosenthal scheint unbekannt.
Jetzt aber Aufwertung meiner Kargheit!
Märchen aus tausendundeiner Nacht.
Scheherazade, ich, erzähle welche.
Mit dem Seefahrer fange ich an. Sindbad.
Kommt!

In der Pfanne Kartoffeln von vorgestern,
Zwei „abgelaufene" Eier drauf,
Und schon kommt Freude auf.

2020

24

My home is my cnastle

Im Radio eine Sendung über Sussex, England. Mein Herz erinnert sich: the seven sisters, die Kalkfelsen. Wir schwimmen im Ärmelkanal, eine aus Masuren und eine kommt aus Oberschlesien. Morgens Tea, Scones und Himbeerjame. Wir liegen auf den Steinen. Um elf kommt Brian mit dem eisgekühlten Drink: Gin Tonic. Wir kommen in Fahrt. Großes ewiges Thema ist Georg, der „mir keinen Antrag machte". Abends Diner. Das Lamm und die Mintsauce sind köstlich. Im Gastzimmer ein Busch Lavendel aus dem Garten, der bis zu den downs reicht. Abends kommt sie noch in mein Zimmer und wir reden, reden, von früher, als wir lachten und lachen konnten über nichts. Kein Mensch kann sich heute noch vorstellen, wie beschissen und wie wunderbar das Leben damals war, kommen wir überein. Wir wundern uns, das es uns nicht verging, das Lachen.

Ich beneidete dich, um dein home, deinen Garten, vielleicht sogar um deinen Namen Barbara, Beschützerin der Bergleute. Manchmal tanzten wir zusammen. Ich führte, weil es an Männern nach dem Krieg fehlte, und manchmal sangen wir zusammen, zweistimmig, und weil beides nicht so recht hinhaute, lachten wir. Wir „brachten uns gegenseitig ab", das hieß, wir konnten uns nicht trennen und jeder seiner Wege gehen. „Ich bring dich noch ein Stück" und man ging nochmal mit zurück.

Wir kamen drauf, es lag am „home", damals nach der Flucht, in dem unsere verbitterten Mütter warteten und uns mit Vorwürfen überhäuften, wenn es ein paar Minuten zu spät war. Aber mit dir als Beschützerin der Bergleute kam Freude auf. Thank you.

Späte Erkenntnis, für mich würde jedes home zum cnastle.

ca. 2010

Ein goldener Stolperstein vor Tantchens Haus

Wie oft mir das schon in den Sinn gekommen ist! Es gehört nicht viel dazu, und schon geht die Platte los: früher, zu Hause, die Flucht, es wird gefragt, wer wohnte wo, und, und, und. Aber niemals wird gefragt, wo blieben unsere Juden, wo das kleine Kind mit dem Wasserkopf („steht ihm aber gut"), das auf der Hauptstraße spazieren gefahren wurde, auf einmal aber nicht mehr.

„Mein Gott noch mal, lass doch die alten Kamellen", sage ich manchmal selbst zu mir, wenn sie mich wieder überfallen. Hilft nicht.

Es gab in unserer kleinen Stadt auch eine Reichskristallnacht, alle hingen nachts aus den Fenstern, als es klirrte und schepperte, das Geschrei die Nacht erfüllte. Warum waren am nächsten Tag die Schaufenster vom Laden gegenüber mit Brettern vernagelt? Da wohnten welche, bei denen man fortan nicht mehr kaufen sollte.

Im Haus von Tante gab es eine Gefängniszelle. Wenn man in den Hausflur kam, ging links eine Treppe hoch und gleich hinter der Treppe war die Tür zur Zelle. Wenn der Polizist kam, um nach dem Gefangenen zu sehen, verdrückten wir uns, weil wir Angst hatten. Manchmal hörten wir die Schreie des Gefangenen, wenn er geschlagen wurde. Schreie, die man nicht wird vergessen können und im Alter die Frage aufkommen lassen: War man nicht auch Täter und nicht nur, hinsichtlich unseres jungen Alters, Opfer? Niemals sollten Kinder dem ausgesetzt werden!

Zurück zu Tante. Wir Kinder spielten auf dem Hof, der vom Fenster des Gefangenen einsehbar war. ER stand am Fenster, man sah von außen seinen Kopf, und sah uns beim Spielen zu. Mir war das immer unbehaglich, und ich versuchte deshalb, unseren Spielkreis aus seinem Blickfeld zu manövrieren. Tante hatte keine Berührungsängste, sie reichte oft eine Selbstgedrehte, schon angezündet, durch das Gitter, aber auch Brot und andere Esswaren.

Zum Essen ging ich nicht gern nach Hause. Da war es anders. Kein Mensch da, Mutter im Laden, und da freute ich mich riesig, wenn Tantchen sagte: „Hol dir einen Teller aus der Küche, zieh dir einen Stuhl ran, du kannst bei uns essen." Darauf hatte ich nur gewartet. Wunderbar!

Flucht. Wir sitzen alle in einem Kastenwagen der Division Großdeutschland und fahren und fahren durch die Nacht. Kein Mensch weiß, wohin und wie das alles enden wird. Wir haben Hunger. Tante ist die Erste, die ihren Rucksack öffnet, ein Brot hervorholt. Mit dem Messer dicke Kluften runtersäbelt und von dem Speck, den sie zutage gefördert hat, mit dem gleichen Messer was abschabt und wie Schmalz auf die Stullen streicht und weiterreichen lässt. Ich schmeck' das heute noch. Göttlich!

Wie oft denke ich an sie und wünsche mir für sie

einen goldenen Stolperstein, auf dem ihr Name steht. Wie sagen die Juden: ein Gerechter unter ...?

Meistens saß sie auf dem Stuhl zwischen Kachelofen und Tisch. Auf einem Stück Papier den Inhalt der von uns gefundenen Kippen ausgepuhlt und zurechtgepflückt für neuen Genuss. Wenn keine Blättchen für das Maschinchen mehr vorhanden waren, wurde Zeitungspapier genommen und anderes. Oma pflegte in solchen Situationen zu sagen: „Der Mensch kann noch so dumm sein, er muss sich nur zu helfen wissen."

Aber was heißt Stolperstein! Wir brauchen ein Denkmal, das all jener Frauen gedenkt, die in diesen wüsten Zeiten nicht die Nerven verloren. In Kolberg steht an der Promenade eine Skulptur. Sie zeigt eine Krankenschwester – man erkennt das an der Tracht, die sie trägt –, die einen sterbenden Soldaten stützt. Ein Text gibt Auskunft, dass die Schwestern hier geehrt werden für ihren Einsatz. Alle Schwestern, aller Kriege. Mir stellt sich die Frage, ob unsere Pflegerinnen, in der Corona-Pandemie hochgelobt und beklatscht, wohl schon das bekommen haben, was ihnen zugesagt wurde. Man stellte nämlich fest, dass diejenigen, die „den Laden am Laufen halten" (Merkel, unsere Kanzlerin), schlecht verdienen.

Verstehen andere Völker mit ihren „Helden der Geschichte" besser umzugehen als wir? Einfach vom Sockel stoßen? Es bedarf der Aufklärung, denke ich. Wir können ja auch, wenn wir das

„Album der Erinnerung" aufschlagen, keine Seiten herausreißen, nur weil sie uns aus heutiger Sicht peinlich sind.

2019

Mixen oder nicht?

Ich rühre mit dem alten Holzlöffel
Im Topf:
Gemüse „aus der Region".
Soll ich den Mixer zum Einsatz bringen
Und etwas Neues entsteht?

Na, lass ich lieber,
Mich stört nicht nur das Geräusch des Mixers,
Sondern auch die Konsistenz,
die dabei entsteht: „cremig, schön schaumig" u. a.

Nach zehn Minuten aber setze ich den Stampfer
    ein,
Stampfen ist nicht Mixen.

2020

Wer ist für wen ein Glücksfall?

Was mich schon immer schwindeln machte:
Die Möglichkeiten, die ein Mensch hatte,
hätte wahrnehmen können,
wenn er mutiger gewesen wäre.
Aber nun mal ehrlich. Welche denn?
Alles, was du getan, hast du gern gemacht,
und das andere „sieh es, lieber Gott, nicht an".

Die falsche Vorstellung, wie man leben sollte,
ist schwer erarbeitet. Als ich meine Herzgeschichte
    bekam,
Dr. Durchblick zu mir: „Sie haben sich für alles
immer entschuldigt."

1999

Ich bin mit allem noch gar nicht fertig,
lass mich aber immer gleich fertigmachen.

Verstand

Die Organe sind im Laufe des Lebens auch abge-
nutzt worden, bei einer fast Neunzigjährigen so-
wieso. Das Nachdenken über das Gesprochene, es
einordnen, dauert länger, und ich, die seit mehr als
vierzig Jahren allein lebt, sich niemals austauschen
kann, wie soll das gehen? Ein Wunder, dass es bisher gegangen ist. Aber ehrlich gesagt, viel verstehe
ich niemals.

2020

Me too

Me too (schreibt man das so?)
Ich könnte meinen Exmann noch verklagen
Doch liegt er leider schon begraben
Diese ganze Geschichte mit Me too
Ist irgendwie ein Clou
Der irgendwas ins Blickfeld rückt
Was niemanden beglückt.
Weder den Mann
Noch die Frau.
Was sagst'? „Genau."

2019

Licht und Schatten
Arm und reich
Kann sich ein Armer nicht auch reich fühlen?
Ich denke schon.

Silvester 1978/79

Wir beide wussten nicht, wohin
Entschieden spät
Geh'n wir zu Monika
In die Stedinger Straße.
Am Minitisch in Miniküche
Gab es Würstchen aus der Dose, mit Ketchup
Und Putenschnitzel mit Pilzen.
Die mitgebrachte Rakete
Kam erst zum Einsatz
Als wir über den alten Osternburger Friedhof
Nach Hause gingen.
Die Übeltäter hätte man leicht gefunden.
Durch tiefen Neuschnee führten ihre Spuren
Zum Sandkamp 25c.

2019

Einsicht des letzten Tages im November

inzwischen klug geworden
wundere ich mich
warum geworben für so viel Überflüssiges
zum Superpreis.

2020

Vierter Advent, halb elf, 2020

Mir fehlt einfach die Kraft zur Weihnachtsfreude,
Liebe Leute. Dabei weiß ich, dass ich dankbar bin,
Sehr sogar.
Es war die Bescheidenheit,
Die damals alles köstlich machte.
Jetzt, wo alle Köstlichkeit zur Alltäglichkeit gewor-
    den ist,
Sehnsucht nach dem Damals.

Das Beste im vergangenen Jahr,
Dass ich noch in der Kirche war,
In der ich einst getauft (Pfingsten 1930)
Als Zeugen hier genannt
Sohn und Enkel, anerkannt
Und ich bin stolz auf beide.

Ich hatte so die Nase voll
Dachte, was das alles soll
Wär am liebsten nicht mehr da
Bla, bla, bla

Drei Stunden später sieht es anders aus. Wohltaten,
die nicht nötig taten, umverteilt und getätigt. Kleinigkeiten, die durch Aufschub groß geworden,
nicht weiter aufgeschoben, einfach „umgesetzt“,
auch erledigt.

Mecker doch nicht immer!

Mecker doch nicht immer!
Aber so war ich schon immer
Wird es schlimmer?
Anstatt mich ruhig zu verhalten
Die Hände zu falten
Und zu singen
Großer Gott, wir loben dich
Will ich noch mitmischen
Das Wort haben
Auch was sagen
Und so weiter und so weiter
Dabei ist von der Lebensleiter
Das Ende erreicht
Das ist es, was mich heiter werden lässt
Morgens am Fenster
Nieselregen in Bäumen und See
Grauer Himmel, mies
Im Radio 6000 Flüchtlinge auf griechischer Insel
In Plastikmüll, Regen und Dreck
Und du nölst!
In Davos Treffen der Großen dieser Welt
Um die Welt zu retten vor dem, was sie verbockt
Wäre es nicht sinnvoller, erst mal für diese
Menschen auf der Flucht zu sorgen?
Keiner will sie nehmen.

2020

Steine in der Tasche

Über Virginia Woolf zu Ende gelesen. „Am 28. März hinterließ sie eine Nachricht ... überquerte die Wiesen, die bis an den Fluss reichten, steckte einen schweren Stein in die Manteltasche und ertränkte sich." Ich steckte den Stein in die Tasche, als ich 34 war, nahm ihn wieder raus und ging nach Haus, weil ich Kinder hatte. Sie hatte eigentlich auch nur ein Thema. Ihre Familie. Warum empfinde ich es denn als ungewöhnlich, meine Heimsuchungen, meine Niedergeschlagenheiten, warum immer noch das kindliche Verlangen, irgendwo willkommen zu sein. Vielleicht ist das ja ganz normal, was ich habe. Verdammt noch mal!

Wieso plötzlich das Thema: der Vater! Dem Vater jetzt auf der Spur. Wie hat er sich verhalten im Krieg. Es können ja nicht alle Widerstandskämpfer gewesen sein, um heute heldenhaft dazustehen. Kann man „stolz" auf ihn sein? Ach, wir Armen.

Mir kommt es so vor, als ob man gezwungen wird, wir, die Übriggebliebenen jener Zeit, uns eine Vergangenheit zu erfinden, die stand hält. Ich wache jetzt erst auf und möchte der Verlogenheit ans Leder.

2020

Momente

Die Momente, die in meinem Leben von Bedeutung waren, überstand ich allein. Will man dabei Gesellschaft haben? Weiß man nicht.

Was mich erstaunt, ist, wie wenig letztendlich Geld bedeutet. Je weniger man hat und je mehr man sich anstrengen muss, um „über die Runden zu kommen", desto einfacher gestaltet es sich, desto weniger Depressionen habe ich, weil es etwas zu tun gibt, das einen über Wasser hält. Das nennt man Kultur, hat wer gesagt? Nachsehen. „… diese Schwimmbewegung, die einen über Wasser hält …" – de Gasset.

Wenn diejenigen, nach denen ich mich sehne, noch leben würden, wäre ich heiterer? No! Eigentlich fahre ich jetzt fort mit der Berichterstattung meiner Lebensbahn. Ich bin leer, mein Herz ist schwer. Last year. Vielleich bin ich morgen schon tot. Würde ich mich anders verhalten, wenn ich es wüsste?

2020

Es gibt nur wenige Dinge,
die mir von Anfang bis Ende gefallen.
Wenn sie ihren Zweck erfüllen,
machen sie nichts von sich her.

Für Helmut

Auf meinem Flur befinden sich vier Bretter
in Abständen zueinander an der Wand.
Sie stammen von meinem Vetter
dem Tischler Helmut Brandt.

Er bracht' sie vor 65 Jahren,
nachdem ich ihm erklärt,
ich brauche eine Flurgarderobe,
die nur den Zweck erfüllt,
Klamotten an ihr aufzuhängen,
mehr nicht.

Ich liebe sie, sie ist aus schönem Holz,
glatt und glänzend, von einem alten Schiff,
darauf versetzt vier gold'ne Haken,
für die Klamotten.

Mein Vetter, von dem die Bretter,
lernte und lehrte auf einer Werft.
Am 14.2.2020 ist er gestorben.

2020

Lisbeth

„Lebe, wie, wenn du stirbst,
wünschen wirst, gelebt zu haben."
Dabei kenne ich diesen Satz seit Ewigkeiten –

Vielleicht sind die Symptome schon längst da, und
ich mühe mich ab, sie für mich darzustellen, als ob
ich Ausreden brauche für Menschen, die gar keine
benötigen.

Liesbeth hieß die junge Frau, die in einem kleinen Haus bei Mohrmanns an der Ecke wohnte,
blond, dicklich, appetitlich anzusehen, half auch
manchmal in der Gaststätte aus, wenn Not am
Mann war. Gleichzeitig mit den Flüchtlingen aus
dem Osten, „Gott bewahr uns vor Feuer und Wind
und Leuten, die aus dem Osten sind", wir meinten,
dass die Oldenburger das auf uns münzten, kam
„der Tommy". Das heißt, es waren erst Kanadier,
glaube ich, die in die Nadorster Straße einzogen.
Bald danach stand am Wochenende gleich um die
Ecke, am Bäkeplacken, ein Jeep, der am Montag-
morgen wieder verschwunden war. Meine Mutter
und Liesbeth hatten sich durch Mohrmanns kennengelernt und hielten lockeren Kontakt. Auch in
der Landwirtschaft waren unsere Kräfte gefragt:
beim Heumachen, Einfahren, Kartoffelsammeln.

Dass der „Tommyjux", von dem Frau Mohr-
mann sprach, mit der Schwangerschaft zu tun
hatte, begriff ich erst sehr viel später. Zwei Kinder

bekam Liesbeth von dem schönen großen Mann, der sich wie ein richtiger Ehemann und Vater zu dem Jungen verhielt, meine Mutter profitierte als Kaffeetrinkerin ebenfalls von Liesbeth. Auch mit Wolle wurde getauscht, die mein Vater aus der Gefangenschaft in Frankreich schickte. Die beiden Frauen strickten wie die Weltmeister, für uns selbst, für Mohrmanns Söhne, wofür es vom geschlachteten Schwein gab, und wir waren immerzu beschäftigt.

Als die Besatzungszeit vorüber war, stand kein Jeep mehr vor dem Haus. Aber auch zu der Zeit behielt sie ihren Humor, strickte für ihre Kinder und so wie ihr ging es anderen Frauen ja auch.

2020

Je einfacher der Mensch gestrickt ist,
Desto besser kommt er klar.
Eine gute Erinnerung, die mir nachts kam,
als ich schon am Verzweifeln war.

Mein langer Weg

Mein *langer Weg* soll erneut auf den Weg gebracht werden. Ich soll eine Art Vorwort schreiben, das sich dazu eignet. Es ist zwanzig Jahre her, als es gedruckt wurde, und brachte mir eine Menge Verdruss, Freunde kündigten mir die Freundschaft, Christine sagt heute noch, ein Scheißbuch, alles nicht so prall. Hans-W.: „Das hättest du dir sparen können."

Eben nicht, weiß ich heute. Danach einige Bücher verfasst, Thema Leben, Erleben. Der Rest, ungefähr 25 Stück, musste aus dem Haus. Sie kamen zu Oxfam, wo sie „reißenden Absatz" fanden, Stück fünf Mark, Normalpreis 20 Mark. Ich musste sie einfach aus dem Haus haben. Genau so bin ich.

Später, als ich es noch mal lesen wollte, schickte mir Monika Rohde eins, und siehe da, heute halte ich es für eine meiner besten Sachen. Mir gefallen Direktaussagen, Briefwechsel, Tagebücher immer noch am allerbesten.

Hurra, es ist erschienen und gefällt mir gut. (... *und trotzdem ein Sonntagskind. Mein Lebensweg*)

2020

„Ich betret' die verlassenen Häuser.
Einst jemandes warmes Nest."

Anna Achmatowa

Erna, mein letzter „Fall"

Wie die Zeilen von Achmatowa wieder mal passen.
Wie oft bin ich in ebensolche Häuser (Wohnungen)
getreten, wenn der Bewohner sie verlassen hatte.
Manchmal nur verreist, manchmal vorübergehend
im Krankenhaus, manchmal, nachdem er nicht
mehr zurückkehrte. Immer war es eigentümlich be-
fremdlich, und ich fühlte mich wie ertappt: Was tue
ich hier, auch wenn es ausdrücklich erwünscht war:
Tauben verscheuchen, Blumen gießen, Post aus
dem Kasten nehmen und nach oben bringen, Wäsche holen fürs Krankenhaus. Dafür muss an den
Schrank gegangen werden, an dem man sonst
nichts zu suchen hat. Auf einmal muss man darin
nach dem Gewünschten kramen, und Vergleiche
kommen einem in den Sinn: Wie ordentlich hier
alles liegt, gestapelt ist. Der Besitzer kann mir die
Stelle genau bezeichnen, wo ich zu finden habe.
Mein Tohuwabohu dagegen! Sagenhaft. Nichts
könnte ich benennen, und jedes Mal nehme ich mir
vor, wenn ich diese Ordnung sehe, das muss bei mir
anders werden! Unternehme auch ernsthaft einen
Versuch und bin ganz stolz auf mich, wenn eine

Schublade sich mal ordnet. Aber nach einigen Tagen: der gleiche Schlendrian.

Aber diesmal war alles anders, etwas lief parallel. und auf meinen Wegen in die verschiedensten Einrichtungen für meinen letzten Fall kamen mir Gedankengänge, die mich mich selbst besser kennenlernen ließen. Der Beginn der Erkenntnis, dass mit mir etwas nicht stimmen kann, nicht in Ordnung sein kann. Diese Ängste, diese scheinbar grundlosen Ängste, diese Besessenheit, alles richtig machen zu wollen, dieses Sich-Aufdrängen, wenn jemand der Hilfe bedurfte. Ich musste es sein, nur ich, der sie brachte. Als ob ich etwas gutzumachen hätte. Meine Überhöhung von mir bekannten und befreundeten Menschen, um mir sicherlich dadurch wichtiger vorzukommen. Dass ich ihnen etwas wert war, erfuhr ich nie. Wie ich mich so durch das Leben krüppelte. Zum Heulen, aber heute bin ich endlich so weit, dass ich restlos zufrieden und glücklich bin. Das dauerte.

Vor ca. 13 Jahren am Abend am Telefon: „Könnten Sie bitte mal nach oben kommen? Ich bin gestürzt."

Oben, im sechsten Stock, sitzt Frau Nachbarin auf der Bettkante und erklärt: Blutleere im Gehirn und sie hätte sich wohl was gebrochen. Oberschenkel? Ich telefoniere nach dem Notarzt, lass mir erklären, was ich zu tun habe, und verspreche, sie im Krankenhaus zu besuchen und, wenn etwas notwendig sein sollte, das zu tun. Anscheinend ist sie alleinstehend. Abtransport, Kreyenbrück ins Klinikum. Nächsten Tag besuche ich sie. Es sind mit dem Rad ungefähr sechs Kilometer. Alte Heimat für mich. Ich habe in der Gegend 25 Jahre lang gewohnt. Sie hat einen Oberschenkelbruch und wird dann anschließend in die Reha kommen.

Soll ich Wäsche bringen? „Nein", aber ich soll in der Küche nach dem Rechten sehen. Aber ich mache nicht nur das. Ich mache die Wäsche, suche alles zusammen, beziehe das Bett neu, das in einem schrecklichen Zustand ist. Sie muss mindestens ein ganzes Jahr darin gelegen haben, ohne es frisch zu beziehen. Das Innere des Kopfkissenbezuges besteht nur noch aus Krümeln, die ich gleich entsorge. Ich werde ein neues kaufen gehen. Ich fahre jeden Tag ins Krankenhaus. Ich kannte sie nur vom Sehen bis dahin. Sie hielt sich vollkommen für sich. Klein, altertümlich angezogen, langer Mantel, eine Art von Raglan, klobige Schuhe, orthopädisch irgendwie. Dünne Beinchen (später erzählte sie mir, dass sie als Kind die Englische Krankheit gehabt hätte), schütteres Haar, altes Fahrrad, mit dem sie ihre Einkäufe tätigte. Ich fing an zu grüßen und sprach manchmal was, das sie leise beantwortete, aber immer sehr zurückhaltend. Alles andere als mich begeisternd. Es waren andere Persönlichkeiten, die ich im Hause kennengelernt hatte: Barunke, Fleßner, Schellhammer, sogar Wallmann, die SOS auf einen Zettel schrieb und auf ihre Stufe vor der Tür legte, wenn etwas nicht in Ordnung war. Das galt mir, denn sie wusste, ich gehe zu Fuß die Treppe runter und nehme nicht den Lift. Hemjes und Schwarma nicht zu vergessen. Man muss unbedingt alt werden, um „hinter die Dinge" sehen zu lernen.

Seit sieben Tagen ist sie tot. Nachts, wenn ich nicht schlafen kann, gehe ich auf den Balkon und blicke nach oben, wo sonst das Licht brannte oder der Fernseher flackerte. Meistens lag sie mit dem Stöpsel im Ohr, der mit dem Radio verbunden war, und hörte. So wird man sie auch morgens finden, nachdem sie in der Nacht gestorben ist.

Nach dem Krankenhausaufenthalt kommt sie in die Reha. Ebenfalls in Kreyenbrück, was auch für mich erreichbar ist. Wenn etwas zu erledigen ist, mache ich das und fange an, mich scherzhaft ihre „Außenministerin" zu nennen. Das werde ich 13 Jahre lang bleiben. Wie jedes Mal bin ich mir wieder auf den Leim gegangen. Was für eine Besessenheit, andere betreuen zu wollen. Ich führe noch Blinde über die Straße, obgleich sie das gar nicht wollen. Diesmal aber ist es anders. Sie bestimmt, was notwendig ist, und wir bleiben bis zum Schluss auf Distanz.

Reha zu Ende. Sie kommt zurück in ihre Wohnung, wird aber niemals das Haus verlassen können. Sie bekommt einen Rollator verschrieben, den sie aber nicht nutzen wird, weil er unpraktisch ist. Sie hat sich einen Beutel genäht, den sie sich an einer dafür vorgesehenen Schlaufe um den Hals hängt und darin befördert sie die kleine Thermosflasche, ihr zurechtgemachtes Brot, kleingeschnitten in einer Plastikdose, wieder ins Zimmer, wo ihr Bett steht. Es ist eine Liege, die sie tags und nachts benutzt. Am Kopfende steht ein Reisekorb, in den das Bettzeug tagsüber verschwindet, und darauf kommt wieder ihr Radio, Obst, was sie für sich zurechtgemacht hat, und anderes. Sie ist ähnlich wie ich ausgestattet: Bett, Schrank, Tisch, drei Sessel, Fernseher und Radio. Der Fernseher läuft von morgens bis durch die Nacht, tonlos, nur wenn sie scheinbar für sie Interessantes zu sehen meint, dreht sie den Ton lauter. Sie managt alles über das Telefon. Lässt Anzeigen in der Zeitung erscheinen, wenn sie eine Putzfrau sucht, eine Frisöse, die ihr ab und zu die Haare schneiden kommt, Fußpflegerin.

Ich lerne einen Menschen kennen, der vollkommen autonom handelt, und sie wird für mich zu einer Art von Vorbild. Sie hat, höre ich von einer Bekannten, die auch mal hier im Haus wohnte und mit ihr harmonierte, ja, sie fuhren sogar mit deren Auto zusammen in die Ferien, bei der Bundeswehr im Büro gearbeitet, war „eigensinnig" und Tochter eines Bauern, der seinen Hof versoffen hat. Ein Bruder, der bevorzugt wurde, und als ich einmal nach den Eltern zu fragen wagte, sagte sie, als der Vater tot war, sei sie früher manchmal nach Hause gefahren, aber die Mutter hätte ihr bedeutet, der Bruder wünsche das nicht. Da sei sie eben nicht mehr gefahren.

Weil sie nicht mehr aus dem Haus, ja nicht mal im Haus runter konnte, bot ich an, jeden Tag in ihren Briefkasten zu sehen und wenn Post da, diese zu ihr nach oben zu bringen und in der Küche auf dem Eisschrank abzulegen. So wurde es denn gemacht. Ich bekam ihren Schlüssel, und weil die Tür zu ihrem Zimmer stets geschlossen war, sah ich sie selten.

Wenn das aber der Fall und sie gerade in der Küche war, sprachen wir miteinander, und einmal äußerte sie sich über das ungeschickte Einkaufen der jungen Mädchen, von denen sie schon einige ausprobiert hätte. Weil das meine Leidenschaft ist, bot ich mich an, das zu übernehmen. Das wurde direkt zu einem Ritual und ihrer Freude. Am Wochenende gab es die Angebotslektüre, die ich ihr mit meiner Zeitung auf den Kühlschrank legte. Rewe ist der nächste Laden von hier, und der Flyer wurde gründlichst von ihr studiert. Alle „Angebote", die ich besorgen sollte, wurden mit „A" angekreuzt auf dem Zettel, den ich am Mittwoch rausholen würde und zusammen mit der „Funkuhr" am Donnerstag wieder in der Küche auf dem Kühlschrank abladen würde.

Für sie kaufte ich besser und sorgfältiger als für mich ein. Wurst und Käse. Alles ließ ich frisch schneiden. Ich lernte, was sie besonders gern mochte, und wenn ich etwas davon ohne ihr Wissen mitbrachte, akzeptierte sie das ohne Kommentar. Zu ihrer täglichen Versorgung gehörte Thomapyrin, Kopfschmerztabletten, die sie vierteilte und in einer kleinen Dose neben dem Bett auf dem Reisekorb stehen hatte. Ich weiß nicht, wie viel sie am Tag davon zu sich nahm, aber bestimmt nicht wenig. Eine Apotheke hatte sie manchmal „im Angebot", kostet dann fast nur die Hälfte. Wenn ich das sah, nahm ich 50 Euro von mir, und weil es immer nur zwei Packungen davon auf einmal gab, musste ich also, wenn eine Packung 3,68 Euro kostete, siebenmal gehen, dann kam ich so eben über die 50 Euro. Dann legte ich die Rechnungen für die Medikamente auf den Schrank. Am nächsten Tag lag dann das Geld da.

Ich hatte ein Portemonnaie von mir genommen und wir bezeichneten es als Wirtschaftsportemonnaie. Wenn das Geld sich neigte, kam ein Fünfziger dazu. Ich bin mir sicher, dass sie jede Ausgabe gewissenhaft Summe für Sümmchen notierte, selbst die kleinste Summe, Buchhalterin durch und durch. Sie hatte jeden Beleg, der das Haus betraf, in Ordnern gesammelt und nahm reges Interesse, was sich im Hause tat, denn sie war Eigentümerin der Wohnung und hatte früher, als sie noch konnte, auch immer an den jährlichen Versammlungen teilgenommen.

Es kam vor, dass sie mich bat: „Bitte nehmen Sie doch einen Moment Platz", was ich dann auch tat. Mir war aber nicht immer ganz wohl bei der Sache, und als sie einmal sagte, dass sie das gar nicht bezahlen könne, was ich für sie tue, meinte ich, das würde ich für jeden machen, und zitierte die Bibelstelle vom guten Nachbarn, der wichtiger ist als der Bruder in der Ferne. Und das stimmt ja auch. Außerdem, bekäme ich Geld dafür, könnte ich es nicht mehr so unbefangen gern tun. So hat sich das auch früher schon verhalten.

Zur gleichen Zeit wurde meine Hilfe auch noch andernorts benötigt. Frau A., die „ich hab ja Frau Bethke" als Mantra hatte. „Wie oft könnten Sie mal kommen, ich habe das und das." Alles immer gemacht, auch wenn ich manchmal die große Wut bekam und mir schwor, wenn du das bis Ende durchstehst, dann machst du für niemanden nichts und gar nichts mehr. Und? Wenn der Betreffende das Zeitliche gesegnet hatte, es dauerte nicht lange, war ein neuer Hilfsfall auf dem Plan. Hat mir das geschadet? Manchmal wurde das sogar vom Doktor bemerkt und gelobt. Auch der Pastor verkündete meine Hilfsbereitschaft einmal sogar von der Kanzel bei der Beerdigung von W. Zum Schämen. Ich wurde ja auch belohnt mit Lebensgeschichten aus erster Hand. Wie ich das liebte, wenn die Damen ins Erzählen kamen und ich erleben konnte, dass sie das brauchten und ich der richtige Zuhörer war.

In den letzten Jahren, als ihr das Stehen in der Küche immer beschwerlicher wurde, hatte sie sich Essen auf Rädern bestellt. Dreimal die Woche; weil sie nur wie ein Vögelchen aß, kam sie damit aus. Sie war immer in meinem Kopf, auch wenn ich kochte.

Manchmal machte ich etwas, das sie mochte, und dann stellte ich ihr immer etwas davon auf den Kühlschrank. Der Teller stand am nächsten Tag gewaschen und getrocknet wieder da. Kuchen bekam sie immer, und wenn ich oben war, sah ich, dass sie sich den einteilte. Erst hatte ich gar nicht begriffen, wie gern sie den aß. Unmengen von Schokolode, wenn sie im „Angebot" war, musste ich besorgen. Ich konnte gar nicht glauben, dass das alles für sie war. Aber weil ich wusste, sie kam nie weg, auch wenn sie es verschickt hätte, wer hätte es fortbringen sollen? Seltsam.

Einmal kam ich die Treppe herauf und sah, wie sie mit dem Stock mühsam den Karton mit dem Essen, der vor der Tür stand, über die Schwelle befördern musste, und hinfort sah ich zu, dass ich um die Zeit zu Hause war, ging hoch und machte das. Stellte das Essen, das der Dienst gebracht hatte, rein. Ich Idiot, dachte ich mal, wenn ich verwundert über mich selbst war, und warum?

Erst fängt es so langsam an, Kleinigkeiten, die sich immer mehr ausweiten und mich immer mehr beherrschen. Ich weiß das wohl und kann nichts dagegen tun. Herr M. wird Witwer. Die Tochter wohnt neben mir. Sie tauschen die Wohnungen, er wird mein Nachbar. Ach, denke ich, als ich einmal zu viel gekocht habe, gib ihm den Rest. Er ist hocherfreut und stellt mir die Schüssel am nächsten Tag vor die Tür mit einigen Bonbons drin. Mit der NWZ zugedeckt. Das wiederholt sich, bis ich so weit bin, dass ich an ihn mitdenke, wenn ich zum Kochen einkaufe. Ja, es wird zur Passion. Weil ich das ohne Geld mache, kann es ja auch nicht zu viele Kosten verursachen, denn ich habe es nicht so dicke. Karo einfach, also darin bin ich Meister. Aber ich merke, dass diese Besessenheit mir nicht bekommt. Bin ich verrückt?! Wie sage ich es meinem Kinde? Das muss aufhören. Nach Jahren! Ich fasse mir ein Herz und sage die Wahrheit. „Es hat aber immer sehr gut geschmeckt", legt aber weiter die Zeitung vor die Tür. Meine Tochter sagte mal von mir, ich wolle mich immer lieb Kind machen. Ist das so?

Manchmal hatte sie sich für mich schön gemacht. Sie besaß einen schönen dunkelblauen Pullover, zu dem sie Silberschmuck trug, zwei Ketten, ziemlich lang. Sehr schön. Die Röcke waren sagenhaft blöd. Selbst geschneidert, sie bestanden aus mehreren Bahnen, viel zu groß, mit einem Gummi im Bund zusammengezogen, und seit ihrem Sturz musste sie im rechten Schuh eine Schiene tragen, die die halbe Wade hochging und unten in den Schuh reichte. Mitleid war aber vollkommen fehl am Platze. Sie holte für ihre Lebensform mehr, als jeder andere es vermocht hätte, heraus. Das hatte ich bald begriffen. Ich immer auf Achse mit Rad und früher Besuche machend, sah ich hier, wie es auch gehen kann.

Am 14. Februar hatte sie Geburtstag. Dann brachte der Gärtner zwei Sträuße, die so ungewöhnlich waren, dass einer gar nicht in eine Vase gepasst hätte, sondern im Eimer verstaut werden musste. Der andere passte in den schönen Krug, der heute meiner ist. Sie verstand es, es sich schön zu machen. Auf ihrem runden Tisch lag eine gelbe Decke und man dachte, wenn man in das Zimmer trat, die Sonne scheint. Das Bett stand so, dass sie in den Himmel sah. Sie wohnte in der siebten Etage, und jeder wäre von dem Ausblick, den man hat, überwältigt gewesen. Einfach wunderbar, sie hatte bestimmt viel Freude daran. Darin waren wir uns einig, ohne darüber sprechen zu müssen. Sie beschäftigte mich sehr, und wenn ich nicht schlafen konnte, lenkte ich manchmal meine Gedanken nach oben und fragte mich, was sie wohl denkt. Am Tag vor ihrem Tod sagte sie: „Ich habe immer gespürt, wenn es Ihnen nicht gut ging." Das heißt, wenn ich meine Niedergeschlagenheit hatte, von der ich ihr erzählt hatte. Überhaupt war ich viel geschwätziger als sie. Von sich erzählte sie fast nichts, wollte aber alles wissen, auch was sich im Hause zutrug. „Was gibt es Neues im Hause?", fragte sie mich. „Setzen Sie sich doch bitte", wenn es etwas Neues gab. Weil das Haus 40 Wohnungen hat, war ständig Umzug usw. Das alles wollte sie wissen, und sie war hochentzückt, wenn ich ihr das Namensschild von unten abschrieb, was natürlich nur kurze Zeit der Richtigkeit entsprach.

Sie war bei den ehemaligen Mitbewohnern schon in Vergessenheit geraten, nur alle paar Jahre

fragte Frau Sch.: „Lebt die Olle eigentlich noch?"
Ich sah keine Veranlassung, meine Tätigkeit für „da
oben" anderen kundzutun. Im Laufe der Jahre bewunderte ich sie immer mehr, mit welcher Zähig-
keit sie am Leben hing und wie sie es meisterte.

Ja, sie bekam Lust, das Zimmer zu verändern.
Der alte Teppichboden war der Grund ihres Fallens
gewesen, und das sollte jetzt geändert werden. Ich
holte zur Ansicht einige Teppichfliesen „TRET-
FOD", und sie entschied sich für Blau. Aber wie
sollte das gehen? Unter unglaublicher Schwierigkeit
kam sie mit meiner Hilfe mit ihren beiden Krücken
mit dem Fahrstuhl bis in meine Wohnung, aber un-
würdig, bis sie erschöpft auf meiner Liege zu liegen
kam. Oben der Handwerker, der im Laufe des
Tages auch fertig wurde, und das Zimmer sah wunderbar aus. Er lehnte aber ab, mir behilflich zu sein,
dass sie wieder nach oben kommt. Ich solle einen
Hilfsdienst bestellen. Das sollte 360 Euro kosten.
Na, wir schaffen das, sage ich, und wir schafften es
auch. Aber wie! Ich hatte sie mit Essen und Trinken
versorgt, und am nächsten Tag lag für mich ein
Umschlag auf dem Kühlschrank mit 50 Euro, die
ich eiskalt in meinen Geldsack tat.

Wenn etwas Besonderes zu erledigen war, was
ich durch das Telefon erfuhr, läutete ich zweimal an
der Tür. Damit sie sich nicht an die Tür quälen
musste mit ihren Stöcken, wartete ich ein bisschen,
bevor ich die Tür öffnete, wartete auf dem Flur
auch noch etwas, bevor ich an die Zimmertür

klopfte und öffnete. Manchmal war sie schon angezogen, manchmal noch im Hemd. Im Hemd sah sie
erbarmungswürdig aus. Der Bettler von Barlach
mit seinen Krücken, die seine Schultern so spitz
heben, war noch stabil gegen sie. Sie war in den
13 Jahren, die ich ihre Außenministerin war, wie
ich das scherzhaft nannte, nicht geduscht worden.
Sie wusch sich am Waschbecken, wohl mehr
schlecht als recht, indem sie auf dem Klodeckel
Platz nahm und sich mit zurechtgeschnittenen
Läppchen wusch. Wie sie das mit ihren Füßen
machte, weiß ich nicht.

Ich machte den Vorschlag, Pflegestufe zu bean-
tragen. Es kam auch jemand von der Versicherung
und sie bat mich, daran teilzunehmen. Sie kam auf
23 Punkte. Es fehlten sieben, um auf die Stufe Eins
zu kommen. Ich fragte: „Und die 23 Punkte?" Ging
sogar noch zur BARMER-Kasse und erfuhr, den
Rest solle sie aus eigener Tasche bezahlen, sie
bekam ja Rente. Und eigentlich fand ich, ist das
auch ok. Machte sie aber nicht, und so blieb alles
beim Alten. Ihre Wäsche musste in schlechtem Zustand sein. Leibwäsche und so weiter. Die kochte
sie in einem größeren Kochtopf auf dem Herd. Ich
hätte sie in der Maschine unten waschen können.
Machte ich auch früher für eine andere Frau Schw.,
die das zum Schluss nicht mehr konnte. Damals
rauchte ich noch und sie schenkte mir dann eine
Schachtel Camel ohne Filter, und auch das war
okay. Das verstehe ich unter guter Nachbarschaft,

mit meinem letzten Fall war das nicht zu machen. So viel wie nötig und nicht mehr. Ein- oder zweimal im Jahr ging ich zur Bank. Sie hatte ein Kuvert gebastelt, in das das Geld kam, aufgeteilt in Scheinen, wie sie es wünscht. Zwei- bis dreitausend Euro, der ausgefüllte Scheck lag in dem selbstgebastelten Umschlag. Sie kannten mich schon auf der Bank, musste aber jedes Mal meinen Ausweis vorzeigen. Manchmal bat ich um ein kleines Präsent von der Bank für sie, einen Block für Notizen, einen Kugelschreiber, die ich meistens gesondert kaufen musste, denn sie wusste, was sie wollte, im Gegensatz zu mir. Auch darüber nie ein Wort, aber ich sah, dass der nächste Einkaufszettel auf ebendiesem Block geschrieben wurde.

So kamen wir durch die Jahre. Ich wurde älter, sie auch. Manchmal hörte ich, wenn ich die Post in die Küche legte, dass etwas nicht in Ordnung zu sein schien. Sie hustete, keuchte, ich klopfte und öffnete. Sie war krank. Ich tat, was zu tun war, machte Frühstück, kochte Haferflocken, machte Tee, rief, wenn nötig, Doktor T. Ging zur Apotheke, nachdem ich das Rezept vom Arzt geholt hatte. Sie blieb immer öfter immer länger im Bett. War aber zufrieden. Der Fernseher lief stumm, der Knopf war im Ohr, sie lag auf der Seite und hörte, war überraschenderweise immer gut informiert über das Weltgeschehen. Ich bewunderte sie, sie klagte nie, niemals ein Wort. Manchmal dachte ich, wer wird eher sterben, sie oder ich? Ob sie das auch dachte, weiß ich nicht. Sie war ein Jahr älter als ich. Im Herbst ist der Blick von da oben besonders herrlich. Man sieht über einen Wald, die Bäume in allen Facetten von Gelb bis Dunkelbraun.

Wen der Herbst nicht will, holt der April, geht ein Sprichwort. Sie konnte überhaupt nicht mehr aufstehen, quälte sich, bekam nichts mehr runter, sogar das Wasser wollte nicht durch ihren Hals. Ich kochte in ihrem Topf den Haferschleim, der noch vertragen wurde. Weil ich den Schlüssel hatte, kam ich immer rein. Paarmal am Tag ging ich hoch. Einmal sah ich durch die angelehnte Tür, dass sie am Boden lag, zugedeckt. Sie war aus dem Bett gefallen und nicht mehr hochgekommen. Sie erzählte es ganz heiter, und zusammen mit zusammengebissenen Zähnen hievten wir sie zurück ins Bett. Aber sie hatte Schmerzen und Dr. T. musste kommen. Ich musste zu Hause sein, wenn er kam, keiner konnte ihn reinlassen, und so blieb ich, bis er abends kommen wird und die Überweisung für das Krankenhaus schrieb. 14 Tage Krankenhausaufenthalt. Am dritten Tag hatte man sie geduscht, ihr die Haare gewaschen, ein sauberes Hemd angezogen, und sie sah direkt nett aus und nahm regen Anteil am Zimmerleben. Essen ging immer noch schwierig, aber Auskunft bekam ich nicht, denn ich wollte es auch gar nicht wissen. Ich galt als ihre Freundin.

Danach kam sie zur Reha, in der Nähe von Bad Zwischenahn; und der Herbst war so schön, dass ich ihr einreden konnte, es sei mir die reinste

Freude, jeden Tag durch die herrliche Natur zu fahren. Unterwegs kam ich an einem Apfelbaum vorüber, unter dem gerade so viele Äpfel lagen, dass sie für mich reichten. Einmal nahm ich sie mit in ihr Zimmer und legte sie ihr auf die Bettdecke, denn auch hier lag sie die meiste Zeit. Sie nahm jeden einzelnen in die Hände und sagte: „Das ist eine alte Sorte. Gravensteiner. Die hatten wir auch im Garten."

Aber sie hielt es da nicht aus. „Residenz im Grünen" nennt sich das Heim, aber es machte den Eindruck eines Armenhauses. Viele alte Männer, und ich sah, wenn sie beim Essen am Tisch saß, dass untereinander überhaupt kein Kontakt herrschte. Ich gab den Schwestern was für ihre Kaffeekasse, brachte Schokolade und war nett zu allen. Ich fuhr jeden Tag, und manchmal wunderte ich mich, dass ich das überhaupt noch konnte. Ja, ich fuhr direkt beflügelt, und wenn ich nach Hause kam, musste ich unter die Dusche und den Geruch loswerden und fühlte mich ganz glücklich.

„Ich bin hier so unglücklich", sagte sie, und ich hörte, als ich fragte, es war überhaupt noch gar kein Arzt da, der nach ihr gesehen hätte, und ich machte Dampf, denn sie wurde immer dünner und bekam nichts mehr runter. „Soll ich nach einem Platz fragen, der in der Nähe bei uns ist?" Jaaa, bitte. Die Obere vom Roten Kreuz weiß Rat, und am nächsten Tag organisierte ich ein Taxi und es ging in die neue Unterkunft an die Bodenburgallee, die ich von einer anderen Nachbarin kenne. Der Taxifahrer war einfühlsam. Er fuhr uns am Apfelbaum vorüber: Gravensteiner! Und sie, die so lange nicht mehr draußen war, sah und sah. Sie bezog das neue Zimmer, ließ sich aber gleich zu Bett bringen. Ich versprach, abends noch mal vorbeizukommen, denn ich hatte es nur eine Viertelstunde von zu Hause bis hierher. Und das machte ich auch. Sie war wach und wir unterhielten uns. Ich besah mir alles und sagte: „Beschissen ist es hier auch. Werden Sie gesund, und dann machen wir weiter wie bisher." Kann man das wirklich nicht ahnen, wenn man einen Menschen zuletzt sieht? Ich war wie im Rausch, ich holte noch ihre Sachen aus der „Residenz", verteilte noch Trinkgeld, auch das Rote Kreuz wurde bedacht, und ich war der Meinung, wir werden die Abrechnung schon machen, wenn sie wieder richtig da ist. Sie vermisste ihren Silberschmuck, und ich fuhr noch mal in die Residenz. Nicht da, auch nicht der schwarze Beutel, mit dem ich noch zum Schneider musste, um einen Reißverschluss einnähen zu lassen, den ich erst aus einem kaputten Sitzkissen raustrennen musste. Auch der Beutel war nicht zu finden. Jetzt war ich aber auch bald fertig, dachte ich. Nein, das stimmte so nicht. Das schreibe ich jetzt hin, weil ich eigentlich hätte fertig sein müssen. Die Story ist noch nicht zu Ende.

Am nächsten Morgen war sie tot. Ob noch jemand nach ihr gesehen hatte, weiß ich nicht. Ich sah sie noch . Wie ein Vögelchen, der Mund offen und der Knopf, den sie im Ohr wohl hatte, denn das Radio kam immer mit, lag neben ihrem Kopf. Ich hörte, sie kommt zu Marks, dem Institut, bei dem ich auch landen werde. Auf Anfrage hörte ich, es soll eine Art Armenbegräbnis stattfinden. Wieso das denn? Ich hatte ja noch den Schlüssel und könnte, wenn jemand kommen würde vom Gericht oder so, gleich nachsehen, ob ich was Diesbezügliches finde. Gesagt, getan. Ich erhielt die Befugnis, die Wohnung zu betreten und fand auf Anhieb alles, was gebraucht wurde, brachte es zum Gericht, das für Hinterlassenschaften zuständig ist.

Am nächsten Tag besuchten mich zwei Herren und holten den Schlüssel und fragten, ob ich mitkommen möchte. Nein, danke. Am folgenden Tag Telefon, der jüngere der beiden Herren war dran, auch ich wäre bedacht worden. Ich! Na ja, ehrlich gesagt, damit hatte ich überhaupt nicht gerechnet. Wer war der Haupterbe wohl? Es war das Hospiz. Sie, die eigentlich jemand anderen bedacht hatte, bestimmt den Schicker der Blumensträuße, wird sich wundern. Na, so richtig traute ich der Sache nicht und erwartete auch nichts. Die Beerdigung fand statt. Das Institut benachrichtigte mich und statt Armenbegräbnis kam dieses auch einem gleich. So eine Urne war auch nicht gerade tröstlich.

Damit ich die Sache aus dem Kopf bekäme, rief ich den jungen Mann vom Hospiz an. Nein, er hätte sich geirrt, für mich war nichts dabei, aber ob ich mir aus der Wohnung etwas zum Andenken nehmen möchte. Ich dankte und war ganz froh, so wie es gekommen war. Wirklich? Wirklich. Und die Moral von der Geschicht? Weiß ich nicht. Aber eines bin ich mir sicher, ich hatte etwas gutzumachen, vielleicht etwas, was noch meine Mutter betraf und Manfred. Wer kommt schon fertig auf die Welt.

Ob sie mir fehlt? Ganz bestimmt nicht. Im Gegenteil, eine Art Erleichterung erfahre ich jedes Mal, wenn jemand stirbt, den ich in meine „Obhut" genommen habe, für den ich sorge, erst freiwillig, bis ich es als Last empfinde. Auch bei meinem großen Zampano war das so. Nach der Sterbewoche, morgens aus dem Krankenhaus tretend, in den Himmel sehen, tief Luft holen, sich befreit fühlen. Ich bin sicher, ich hatte dies alles zu leisten, ob so oder so, so war und ist mein Leben, eben.

Der Außenminister tritt nicht in eigener Sache an, er verficht die der anderen. Darin war ich groß, für mich blieb bloß der Vorwurf, nicht da gewesen zu sein für diejenigen, die auch zur Stelle hätten sein müssen für andere.

Jetzt muss sie nur noch aus meinem Kopf. Bestimmt hatte ich meine Gründe, die mich diese als Aufgabe befundenen Hilfestellungen gab, aber das will ich nicht mehr ergründen.

2020

Auftritt in der VHS

Heute mit der Gräfin Auftritt in der VHS. Mir fiel ein, dass diese Generation überhaupt nicht begreifen kann, was ich da erzähle. Was bedeutet ihnen das Haff, was Ostpreußen, das es gar nicht mehr auf der Landkarte gibt.

Frage: „Wie alt bist du?" Einer der Flüchtlinge. Ich: „Jahrgang 1930."

Sie überlegen, können sich nicht einigen, mit dem Handy wird was gesucht. Plötzliches Begreifen, ich werde 90. Wow!

Die Mädchen sind so albern, wie wir es damals auch waren vor lauter Verlegenheit. Aber Welten dazwischen, sind die von heute intelligenter? Nein, denke ich abends im Bett, noch einmal die ganze Chose? Nein!

Die Gräfin mit ihrem Standesbewusstsein ist ein ganz anderes Kaliber. In ihrer Stimme ist ein leichter Vorwurf, auch gegen mich. „Na gut", wenn sie merkt, ich bin anderer Meinung, und Thema aus.

Man kann auch zögerlich positiv sein, nicht wahr. Die meisten sind aus dem Irak.

2020

Hartleibigkeit

Meine Seele: zwei Mühlsteine,
Die Verletzungen, Ängste
Nicht vermahlen können.
Wackersteine im Bauch des Wolfes.

2018

Alles, was ich in die Pfanne haue, haut hin

Mein bestes Jahr, das 88.
Mit den schönsten Kongestionen
Erstmal die Flügel entfalten
Bevor man über der Asche aufsteigt

2018

Für Eva
Die Kräuterspirale

Oder: Der Lärm der Stadt
Besteht aus Glockengeläut,
Das in den Garten fällt,
An die alte Mauer,
Zwischen die alten Bäume,
Die mittelalten Menschen.
Auf das Brautpaar neben dem Plastikschwan
Vor der Kräuterspirale.
Lorbeerbäume und Rosen, ein Feigenbaum,
Ein Miniteich mit Lotusblume.
Heute feiern wir die Kräuterspirale
Im alten Stadtgarten,
Evas neuste Inspiration!

2019

Schmeichler du

„Deine Gedichte sind besser",
Sagt mein Enkel zu mir,
Als ich ihn bitte,
Mir die des Schweden zu übersetzen.

2020

„Jeder bringt was mit ..."

Heute habe ich mir ein Kleid gekauft. War zu Fuß in der Stadt. Ungefähr fünf Kilometer eine Tour. Und jetzt gibt es Kaffee und Schokolade. Komme mir aber vor wie ein Auto, das fünf Gänge hat, wovon aber drei nicht mehr zur Verfügung stehen. Schweres Vorwärtskommen. So ungefähr musste der Golem sich voranquälen.

Mit der neuen Brille. Welch Idiot ich war, jetzt, da ich bald das Zeitliche segne, gönne ich mir das, was schon seit Jahrzehnten nötig war.

Der Deutschkurs ist zu Ende. Luise hat die Klasse eingeladen. 20 Leute in das kleine Zimmer. „Jeder bringt was mit ..." Da kam ich nie drauf. Als ich abends auf das Haus zugehe, kommt mir ein junger Mann entgegen, grüßt freundlich. Ich erkenne ihn, er ist der Fragende bei meinem Auftritt in der VHS, und als ich frage, wie es bei Luise war, sagt der Schmeichler, es sei schön, wäre aber noch schöner gewesen, wenn ich dabei gewesen wäre. Na, das kann er schon sehr gut auf Deutsch, sage ich ihm.

Aber, denke ich auch, man bekommt mehr von der Umwelt mit, wenn das Auto nur noch zwei Gänge hat. Völkerverbindend.

2018

„KOMM!"

Leben wir wirklich besser, wie es in einem Presse-
bericht heißt? Äußerlich bestimmt. Ob die Alten,
die Abgeschobenen, der gleichen Meinung sind?
Nehme ich mich doch selbst mal vor:

Traumhaft hat sich meine äußere Lebensform im
Alter gestaltet, und doch leide ich manchmal wie ein
Hund. Heute fiel mir der 90. ein, der in vier Mona-
ten ist. Ich werde krank bei den Gedanken an diesen
Tag, und warum sagt nicht einer: „KOMM!"

Und ich würde, mache ich mir doch nichts vor,
nicht mal so begeistert sein. „Wo treibst du dich
denn rum? Ich habe um 16:10, um 16:55 und um
17:15 bei dir angerufen. Keine Tulle da." Ja, wo
war sie denn. In *Aus der Geschichte der Trennun-
gen* von Jürgen Becker, erzählt Jörn von seiner
Kindheit. Die Mutter hat den Vater betrogen.
Scheidung. Die Mutter ist schon lange tot, Jörn verheiratet und trotzdem ist in seiner Erzählung noch
der Schmerz des Kindes zu spüren …

Ich, heute mehr als doppelt so alt wie meine
Mutter bei ihrem Tode war, spüre auch noch immer
die Verzweiflung, die ich als Kind empfand, als ich
merkte, sie kann mit meinem Vater nicht leben, und
uns verließ, wir, ohne dass uns etwas erklärt wurde,
zu den Großeltern mussten. Die wussten nicht, was
sie den Kindern antun, ich wusste es doch und
konnte auch nicht anders. Es ist hart, auch für die
Mutter.   2020

Was ist mit mir?

Was ist mit mir? Was gilt für mich?
Bewirte dich zuerst mit dem,
Dessen du bedürftig bist,
Und das wäre in deinem Alter?
„Sagen wir mal so",
Es braucht nichts Neues unter der Sonne zu sein,
Ein Echo, ein Minimum von dem,
Was dich bestätigt.

2020

Ganz dicht bin ich nicht,
Schuld daran allein trage ich nicht,
Ich will nur noch sein.
Wie? Das weiß ich nicht,
Ich will nur noch sein
Learning by doing.
Also anfangen.

2020

In Kökhult

Zur Ich-Erweiterung
Ist eine Reise in die Familiengeschichte
Von damals und heute
Absolut empfehlenswert.
Aus was für Menschen sich Familie Feuerstein
Zusammensetzt. Unglaublich. Einfach toll
Diese Leute von damals und heute!
Es grüßt die Tochter Kants,
Auch Tülle genannt.
Sa-gen-haft.

2017

Ist ein Monolog auch ein Selbstgespräch?

Up and down

Drei Tage mehr als mies
Drei Tage kaum gegessen
Drei Tage nicht mehr aus dem Haus
Drei Tage gelegen, gelesen bis zum Geht-nicht-
    mehr.

Das muss ein Ende haben
Das führt nirgends hin
Auch Lesen hilft nichts mehr
Das Gegenteil ist der Fall.

Down war gestern
Deshalb gebe ich die Hoffnung
Noch nicht auf.

2019

Notaufnahme

Nach 18 Stunden Notaufnahme im Pius wieder zu Hause. Ob es an den Zuflüssen liegt, denen ich ausgesetzt war, oder an der prallen Lebenswelt, die um mich herum pulsierte, ich war aufnahmebesessen ohne Ende. Vielleicht lag es auch nur daran, dass ich nichts verstand und sich alles verschärfte. Alle Poren offen, in Gedanken, schreib das auf! Seit drei Stunden rede ich hier ohne Ende vor mich hin, laut in Reimen und frei. Wie im Krieg, alle ein gemeinsames Schicksal und jeder sein privates und hinter all dem spürbar noch so viel Energie. Was heißt schon am Boden zerstört. Zimmer 261 wird mir zugewiesen, nachdem alle Notwendigkeiten erfüllt worden sind: Blut- und Röntgenuntersuchung, Befragungen aller Art, darunter, ob Krankenhausaufenthalt im Ausland, wegen Corona u. Ä. „Muss ich hierbleiben?" „Das entscheidet der Doktor." Verkabelt liege ich und warte.

Tür geht auf. Ein älterer Mensch in Weiß tritt an die Trage, nimmt ein Blatt mit meinen Daten, entfaltet einen Streifen Papier und zeigt ihn mir. Ich lese 4.5.1930. „Respekt", sagt er, ich muss noch schnell hinzufügen, heute Barciany. „Weiß ich doch", sagt er, und ich könnte heulen. Er befragt mich, ich antworte. Ich bin so mager geworden, 54 kg. Ob ich Krebs habe? Er tastet mich ab, entkabelt mich, nimmt meinen Gazellenknöchel in die Hand und sagt: „Sehr gut." Dann noch: „Die

Hosen müssen jetzt aber wieder zu." Und knöpft sie mir zu. Ich muss lachen, er auch, und ich frage mich, ob er den Roman gelesen hat, in dem der Vater seinen Söhnen sagt, als die ihre Freunde und Freundinnen ins Haus bringen: „Ihr könnt empfangen, wen ihr wollt, ihr könnt tun und lassen, was ihr wollt, die Hosen aber bleiben zu." Und die Schuhe vor den Zimmern, damit die Eltern wissen, wer sich wo befindet. Ich weiß nicht, womit ich aufgefüllt werde, ich werde immer aufmerksamer und will alles wissen, was um mich geschieht. Als ich ins Zimmer gefahren werde, ist bereits eine Patientin da.

Röchelt vielleicht noch schwerer als ich, kann eigentlich nur im Sitzen klarkommen. Schlimm. Ich habe mein neues Hörgerät an und verstehe kein Wort, niemanden verstehe ich, erst auf Nachfrage und dann auch nicht immer. Eine hockt am offenen Fenster und holt Luft. Ich meine, es regnet, stimmt nicht, es sind die grünen und roten Lämpchen über den Betten, die kundtun, dass sie bereitstehen. Nur ich höre das, was über dem normalen Pegel ist.

Ich zähle über jedem Bett fünf grüne Lampen und Lämpchen, zwei rote und die beiden Fernseher, die oben an der Wand angebracht sind, damit beide Seiten sehen können, erhalten Verstärkung durch zwei riesige Bedienungsgeräte für das Krankenbett und TV. Wir liegen mit der Zeit zu viert im kleinsten Raum wie in einer Raumstation. Weil ich ohne Wäsche hier ankam, bekomme ich etwas vom

Haus. Ein Nachthemd, hinten offen, das ich einfach nicht imstande bin, richtig anzuziehen. Eine zweite Frau, in ähnlicher Lage, paradiert in ihrem Hemd so attraktiv vor meinem Bett, dass ich ihr sage, sie könnte als Model dafür fungieren. Sie überrascht: „Wwirklich?" Geht gleich hinter den Vorhang zum Spiegel und besieht sich wohlgefällig.

Ich komme in Fahrt, und mir fällt Baltrusch ein. „Suchen Sie sich das Beste raus."

Am frühen Morgen, ganz alte Frau, sie soll sich entscheiden, jetzt sofort, zu einer Operation, die notwendig erscheint, denn „der Tod wird ohne sie schrecklich werden".

Ich finde das alles furchtbar und will nach Hause, obgleich ich noch bleiben könnte. „Wer erwartet Sie?", werde ich gefragt, und: „Haben Sie Hilfe?" Was festgehalten werden sollte, im Krankenhaus wird nicht mehr das Bett gemacht. Aber eine Unmenge Plastikzeug, eimerweise Gummihandschuhe, das Personal ist nur mit der Dokumentation auf den Geräten beschäftigt, einen Hilfeschrei hört man nicht mehr.

Aber ich habe, wohl weil ich Fieber hatte, gesungen, höre ich morgens, mehr gesprochen. Ich sage, „Fado" wäre das.

Der Pfleger kommt mit einem Stuhl eine abholen, um mit ihr irgendwohin zu karren, wo etwas untersucht werden soll. Ist äußerst ungemütlich, als er die Patientin nicht angezogen vorfindet, und wird laut.

Mir fiel auf, dass, wenn ich mich in letzter Zeit abends hinlegen wollte, mein Kopf ins Endlose fiel. Nicht unangenehm, ich fiel und fiel, und wenn ich mich fallen lassen wollte, kam ich wieder zum Stillstand.

Im letzten Jahr des Krieges, als die Front im Winter bedenklich nahekam, erfanden wir das „schöne" Fallen. Es bildeten sich zwei Parteien. Munition in Form von Schneebällen wurde geformt. Um den Gegner zu treffen, musste man hinter dem eigenen Wall hervorkommen und feuern. Wenn der auf der anderen Seite, also der Feind, getroffen war, ließ er sich so elegant als möglich fallen und blieb in dieser Stellung im Schnee liegen. Später riefen sie auch: „Frau komm!"

Vielleicht sollte ich mir Locken machen lassen?!

Auf jeder Station die Frage nach der Religion. Katholisch oder evangelisch? Weder noch, geht auch. Ich plädiere für den sechsten Sinn, der uns erbötig sein sollte.

Heute der erste Tag in vierzig Jahren, an dem ich mein Bettzeug nicht wegräumte.

2020

Der Tropfen

Wir nannten es früher
Die Klagelieder des Jeremias,
Wenn das Seelengefäß voll
Und der Tropfen nicht mehr nötig,
Der es überfließen lässt.

Lass es doch sein!

Zu spät,
Der Tropfen fiel,
Der dich in Unruhe versetzt.
Dich? Ja, mich!
Alles unnötig?
No, denke ich,
Der Hecht erfüllt seinen Zweck,
Wenn er Unruhe in die Karpfenruhe bringt.

2020

Meine Freunde

In meinem Ess-Wohn-Schlafzimmer
Stehen meine Freunde
Mit dem Rücken zu mir
An der Wand.

Sie waren im Leben alles mir:
Gaben auf Fragen Antwort,
Warfen welche auf.
Halfen Entscheidungen treffen.

Brachten Trost in der Einsamkeit,
Halfen durch schlaflose Nächte.
Wir schlugen uns miteinander
Und versöhnten uns.

Wir waren uns fremd
Und doch vertraut.
Aber sie waren immer
Ein Stück von mir.

1999

Aufgegangen wie Hefe
Leben wie die Maden im Speck
Und werfen noch immer mit Dreck
Ist das in Ordnung?

2020

Die Essenz

Das kann den Grundstock für das Gericht von mor-
    gen bilden,
Denke ich,
Während ich die letzten Puffer aus der Pfanne hebe
Und dem Gedanken an die alte Nachkriegspfanne
    aus Aluminium nachgebe:
Verbeult, ohne geschliffenen Boden,
Stand sie auf der Brennhexe.
Im verbliebenen Fett von gestern
Bräunte das Mehl und wurde, wenn die Kartoffeln
    gar waren,
Mit dem heißen Kartoffelwasser abgelöscht,
Zur Schmunzelsoße.
Ob die Pfanne wohl mal abgewaschen wurde,
Ergab mal ein Thema der Nachgeborenen.
Seitdem habe ich die Assoziation *jedes Mal*,
Wenn ich etwas in einer Pfanne zubereite.
Leute von heute! Ihr habt einfach keine Ahnung,
Was damals vor erneutem Gebrauch
Aus der trockenen Pfanne bröselte.
Es war eine Köstlichkeit!

Aber Hoffnung keimt auf.
Der Enkel, Koch von Beruf und dem ich meine Ge-
    schichte erzähle:
„Aber das ist doch die Essenz!"
Danke, wem ist das verständlich zu machen?
2020

Das liebe ich,
Wenn von meiner Essenz
Etwas in ihrem Grundstock spürbar ist.

2020

Bei uns wird jetzt eine Ausstellung nach der anderen eröffnet, auf denen unsere Fluchten 1945 gezeigt und geschildert werden. Auch ich bin gefragt als Berichterstatterin damaliger Verhältnisse, nur sehe ich das aus anderer Sicht, weil ich schon vorher geschädigt wurde als Kind.

Einladung

Die Gräfin für heute eingeladen,
Kann nicht schaden,
Denke ich mal so.
An ihr, so will mir scheinen,
Werd' ich wieder froh,
Froh, so zu sein, wie ich bin,
Ohne Standesbewusstsein
Und, fiel mir heute ein,
Die Geschichten, die das Leben schrieb,
Werden mir erst heute lieb.
Mal Herrin und mal Magd
Bleib unverzagt.

Als ich nach dem Krieg zum ersten Mal wieder nach Ostpreußen kam, hatten wir eine wunderbar einfühlsame Reiseleiterin, die unterwegs fragte, ob sie uns ein Gedicht vortragen dürfe, es war Mai und sie las das Gedicht von Cäsar Flaischlen über den Frühling. Ich weiß das Ganze nicht mehr, aber es gibt eine Stelle, die habe ich nie vergessen: „... diese stille Kraft des Herzens, sich immer wieder aufzuschwingen, aus dem Banne trüber Winter, aus dem Schatten in die Höhe, immer wieder, jedes Jahr, sag, ist das nicht wunderbar?"

Mensch, begreif es doch endlich, dass sogar die Natur manisch-depressiv ist. Paar Tage später, Power im Überfluss. Wohin damit?

2018

Auskehr

„Alles muss raus", steht auf der Schaufenster-
  scheibe,
Wenn der Laden schließen muss, aus welchen
  Gründen auch immer.

Ich will immer noch Türen zuschließen, die schon
  längst aus den Angeln gehoben wurden.
Alles nur Vorstellung, um die Stellung zu halten.

Ich habe mich noch so ganz gut erholt. Bekomme
besser Luft und der Kopf ist klarer. Nur die Ambi-
valenz wächst. Bald wird es mir wie dem bewussten
Esel gehen, der sich zwischen den beiden ihm zur
Verfügung stehenden Heuhaufen nicht entscheiden
kann und verhungert. Meine Lieblingsbeschäfti-
gung, das Einkaufen von Nahrungsmitteln, ist mir
mit der Maske vorm Gesicht unerfreulich, und das
ist sehr schade.

Ich denke, dass das Aufschreiben für mich notwendig war. Der Mensch muss sich absprechen können, wenn er den richtigen Ansprechpartner hat, und hat er ihn nicht, muss man es sich abschreiben von der Seele, und das nennt man, glaube ich, frei zum Tode werden. Nicht dass man sich noch mit Unverdautem quälen muss. Man ist nicht nur Opfer, sondern auch Täter, und deshalb muss alles raus. Ich habe das Gefühl, als ob in dieser Spätzeit (für mich jedenfalls) erst der Mut erwächst, mir a-l-l-e-s sagen zu können, ohne dass ich beleidigt bin. Das alles wäre ohne Wolfgang Wilhelm nicht möglich geworden. Der letzte Stand ist immer der beste, sagten wir. Stimmt doch, oder?

Mit 90 hat man nur noch eine Richtung im Kopf, nach vorn, steht in der Zeitung.

2020

Flucht zurück statt nach vorn.
Als ob im Rückblick erst das Glück.

Wer sich beobachtet fühlt, verhält sich anders. Klar
doch. Sag ich doch. Erst wenn man nicht guckt, bin
ich gut.

2020

Traum

Traum von mir, in der ältesten Tankstelle (AVIA), sie steht heute unter Denkmalschutz, leer hinter einem Zaun, auf dem der „Grüne Jäger" stand, Tanzlokal in der Nachkriegszeit, wo sich Oldenburger und die Flüchtlinge näherkamen und, wenn beim letzten Tanz (Rausschmeißer) das Licht ausging, sich nur oben noch eine glitzernde Kugel drehte und die Paare „Wange an Wange, Zigarre links" tanzten, eine Lesebude einzurichten.

Regale mit Büchern, Teekochmöglichkeit, Selbstbetrieb, klein, aber fein, vorlesen, auch eigenes (mit Zeitangabe), ab und zu eine Tasse Tee und SPRECHEN, Aussprechen lassen. Auch ab und zu ein Gedicht, nicht romantisch. Ruhig auch was von Brecht, von dem, was übrig bleiben wird: „Der Wind." Ich lerne Teekochen, und ab und zu nehme ich die Zauberin von oben mit. Sie kann die Bude mit ihren gemalten Figuren erleuchten. Sie versteht es, Farben zu benutzen, die ihre Fische und Pflanzen im Dunkeln leuchten lassen. Aber nicht zu oft.

Wenn ich so meine Gedanken ziehen lasse, muss das doch nicht unbedingt krank sein, wenn sie nicht immer positiv verlaufen. „Dass fast alles anders ist", heißt es bei Ludwig Hohl. Was ist überhaupt gesundes Denken? Warum die Gedanken kanalisieren? Warum hast du kluge Menschen gekannt? Rücke deinen Gedanken zu Leibe, denke sie zu Ende und sprich alles aus. Nimm Abschied in Ehrlichkeit, kein Versteckspiel betreiben.

29.11.2019

Daseinsberechtigung

Mir geht es beschissen
Mir geht es wieder beschissen
Mir geht es noch immer beschissen
Und wie!
Wieder Gedankenkarussel: Barten, Gerdauen,
    Königsberg, Mutter

26.6.2020

Ich mache Kultur

Ich mache Kultur,
Ich ziehe mich selbst aus dem Sumpf.
Wie mache ich das?
Hör zu:

Eines Tages merkst du
(Du hast es im Grunde immer gewusst),
Dass alles falsch „läuft".

Du hast dich verleiten lassen,
Du warst dir nicht treu.
Du hattest ja so viel Gründe –
Nur keinen echten!

Du stehst vor Trümmern,
Willst aufgeben –
Doch auf einmal
Spürst du den Fingerzeig.

Wo kam er her?
Er war in dir, auch –
„Mach das jeder bessre Sinn
Mir zum Dienst erbötig"

Es geht nur langsam –
Aber es geht.

1978

Ein batteriefreier Tag

Heute möchte ich mir einen batteriefreien Tag gönnen. Ich bin sicher, dass diese ganze Hörakustik der modernen Art ungesund ist, den alten Menschen zwingt, sich über seine Kapazität hinaus zu quälen. Jedenfalls mit den neuen Hörgeräten empfinde ich es so. Mein Kopf ist wie elektrifiziert. Die Haare wie geladen, es piept, wenn ich nur mit der Hand in die Nähe des Ohres komme.

2.2.2020

Corona? Fingerzeig

Den sechsten Sinn,
Der irgendwo in uns kümmert,
Entwickeln lernen.
Die Fete ist vorüber,
Das Fest kann beginnen.

Die Weisen der Vorzeit gaben den Rat,
Schaffet ein kleines Land,
In dem das Angebot
Die Nachfrage übersteigt,
Und mit dem Rest handelt ihr.

2020

Begegnung zweier Freunde

Seit Ewigkeiten sich kennend, aber auch seit Ewigkeiten nicht gesehen. Beidseitiges Stocken. Verlegenheiten ebenfalls und bei mir die Frage, ob er schon immer so klein war? Habe ich mir meine Freunde schon immer größer gemacht, fragte ich mich im Nachhinein. Kann man eine 88 Jahre alte Suppe auslöffeln? Und werde ich eine neue kochen können?

2018

Alte Umweltsau

Kleinen Kindern wird in einem Song beigebracht,
Dass ihre Oma eine alte Umweltsau ist.
Dieser Begriff scheint mir besser als Unwort des
    Jahres geeignet als Klimahysterie.
Das ist auch Umweltverschmutzung.
Und wie! Protest! Auf die Straße mit uns Alten!
Warum lassen wir das zu, dass man uns so bezeich-
    net?

2020

Ist das Gott?

Niedergeschlagen wegen nichts,
Quälst du dich durch deine Tage.
Du verneinst dich,
Bist tot –

Dann aber
Auf einmal hast du ihn wieder:
Den großen Atem!
Befreit gewahrst du,
Dass es noch einen Himmel und eine Erde gibt.

1978

Einladung zur Zeit des Kalten Krieges

Der Tisch ist gedeckt,
Mit Garnelen, Lachs,
Schinken, Wurst
Und exotischen Früchten,
Übervollen Aschern,
Whisky und Sekt.

Gespräche:
Tomaten, die auch nicht mehr so –
Eventuelles Auslöschen Europas
Mittels Atomraketen
Aus Amerika.
Überhaupt vom Schwachsinn
Der Politik,
Erstrangig aber
Von der Wichtigkeit
Eigenen Tuns – oder Nichttuns –

Im Laufe des Abends
Begleiten die nikotingefärbten Finger
Schwungvoller unsere Tiraden,
In denen alles verdammt wird:
Die Stadt, in der wir leben,
Das Land, das Vaterland genannt wird.
Nicht gesagt wird,
Wo es besser wäre,
Was man selbst dazu tun könnte.

Was aber ist zu tun?
Was gilt für mich?
Soll ich mich auch entrüsten,
Oder soll ich warten,
Regungslos und stumm?
Wenn ja, worauf?

Dabei gibt es noch immer
Den Reigen der Jahreszeiten,
Gespür und Gefühl für Stellen,
Die nicht bestellt sind.
Das Leuchten im Detail,
Den wohltuenden Verschleiß
Von Naturprodukten.
Verwaschene Farben,
Von der Sonne brüchig gewordenes Papier,
Und die Schwäne auf dem Teich
Sind Gott sei Dank
Noch nicht aus Styropor.

Oh mein Gott,
Gib, dass wir still werden,
Uns besinnen auf das,
Was wir, und nur wir
Tun können.

1987

Inhalt

Bibiliographie

Christel Wulff: *Das Netz*. Heimatland-Verlag, Wien, 1981.

Christel Bethke: *Ewig kann der Lenz nicht lächeln. Erzählungen und Gedichte*. Edition Fischer, Frankfurt, 1999.

Christel Bethke: *Mein langer Weg zu mir. Tagebuch einer Frau*. Selbstverlag 1.–4. Aufl., ohne Jahr (1998/2000)

Christel Bethke: *Weiße Schatten über fremden Spiegeln. Alte und neue Erinnerungen an Ostpreußen*. Selbstverlag, 1. Aufl. 1999, 2. Aufl. 2002, 3. Aufl. 2004.

Christel Bethke: *Weiße Schatten über fremden Spiegeln. Alte und neue Erinnerungen an Ostpreußen*. 4., veränderte und erweiterte Aufl., 2012, Selbstverlag; 5., überarbeitete Aufl., BoD, Hamburg, 2015.

Christel Bethke: *Ich bin die Freude meines Alters. Alte und neue Geschichten*. BoD, Hamburg, 2015.

Christel Bethke: *Karo einfach. Übers Essen und Trinken und über das Leben. Rezepte und Gedanken*. BoD, Hamburg, 2017.

Christel Bethke: *Rückenwind. Gedankensplitter*. BoD, Hamburg, 2017.

Christel Bethke: *Momentaufnahmen. Gedankensplitter II*. BoD, Hamburg, 2018.

Christel Bethke: *... und trotzdem ein Sonntagskind. Mein Lebensweg*. 2. Aufl. BoD, Hamburg, 2019 (bzw. 4., vollst. überarb. u. erw. Ausg. von *Mein langer Weg zu mir, Tagebuch eines Frauenlebens*).

Christel Bethke:
*... und trotzdem
ein Sonntags-
kind.*
Mein Lebensweg
19,80 €, 524 S.
9783751906876

Christel Bethke, Jahrgang 1930, gibt Auskunft über ihr Leben: schwierige Kindheit, mit vierzehn aus Ostpreußen vertrieben, jung geheiratet, drei Kinder aufgezogen, geschieden, lange Beziehung mit einem verheirateten Mann. Vierzigjährige Berufstätigkeit in einem schlecht bezahlten „Frauenberuf" der Netzindustrie. Das Buch umfasst die Zeit von 1979 bis 2000 mit Rückblicken auf Vergangenes, sodass das Bild eines ganzen Lebens Kontur gewinnt.

Den Lesern begegnet eine genau beobachtende, lebenszugewandte, warmherzige und genussfreudige Frau, die sich mit sich und ihren Träumen ebenso auseinandersetzt wie mit den Menschen ihrer Umgebung und gesellschaftlichen Ereignissen.